# A viagem de Hanno & Ganda

# A viagem de Hanno & Ganda

— TADEU SARMENTO —

Ilustrações Samuel Casal

# A viagem de
# Ganda

# I

amos deixar claro: na época em que se passa a primeira parte desta história (1515, início do século XVI), os humanos ainda apreciavam dar presentes raros & grandiosos uns aos outros. &, como é raro ver elefantes zanzando pelas ruas de Lisboa, o Rei de Portugal mandou buscar um nas selvas de seus domínios na Índia. Para presentear o Papa em Roma. Foi aí que começou a confusão. ¶ Por quê? Explico: ao menos, o Rei sabia o que era um elefante? Ótima pergunta, não é? ¶ Bem, saber, saber mesmo, não sabia, pois nunca tinha visto um elefante pessoalmente. Mas ele leu um pouco sobre elefantes nos antigos bestiários, enciclopédias & relatos de viagens daquele século & dos anteriores. ¶ Por exemplo: sabia que elefantes são grandes. Isso era fácil & ele sabia. Que elefantes têm enormes orelhas de abanar; presas; pele cinza-espessa ou branca; trombas & pés redondos. De resto, o Rei era o Rei. Que tipo de Rei não conheceria tudo o que existe no mundo por ele conquistado? Então, mandou a carta. ¶ Eu mesmo a li, esticando os olhos por trás dos ombros do Governador da Índia de Portugal, em Goa. Nas tintas, o Rei acrescentava mais um capricho: queria um elefante branco, sinal de que o Papa reinaria justo & poderoso, com Roma coberta de paz & prosperidade. & ponto-final. ¶ "Mas onde vou arranjar um elefante branco a esta hora da noite?", perguntou baixinho, balançando a cabeça com a carta nas mãos, o Governador.

## II

om, já que falamos em "bestiário" lá em cima, deixem-me explicar. Monges do século XII adoravam escrever bestiários, pois tinham tempo & imaginação suficientes. Mas, com o final da aventura que relatarei, esse tipo de texto vai deixar de ser lido. ¶ Antes de dizer por quê, responderei à pergunta: o que é "bestiário"? ¶ Nada além de uma lista que mistura animais que existem com animais que os monges juravam que existiam, sem que o leitor consiga distinguir qual é qual. ¶ Por exemplo: como diferenciar, em um bestiário, um unicórnio de um rinoceronte, se os dois têm um chifre só? Além deles, nos bestiários temos o Elefante, o Leão, o Centauro, o Pelicano, a Formiga-Leão, o Pégaso, a Gárgula, o Minotauro, o Basilisco, o Dragão, o Grifo &, claro, a Sereia. ¶ Eis os animais estranhos & outros nem tanto que apareciam nas páginas de um bestiário. ¶ Quanto aos elefantes, sabemos muito bem que, nas selvas da Índia, eles são conhecidos por guardarem toda a história do mundo na cabeça. São sábios, pacientes, bons conselheiros, amigos. Por aí vai. ¶ E mais: quando sopram suas imensas trombas, é sempre para alertar outros animais sobre incêndios, mesmo a centenas & centenas de quilômetros de distância. O que em épocas de verão pode significar a diferença entre morrer queimado & viver. ¶ Por isso, o Governador não queria capturar um elefante, menos ainda para enviar pelo mar até Lisboa, para de lá seguir viagem rumo a Roma. Que ideia do Rei! Além do mais, os elefantes são considerados animais sagrados, & o Governador já estava meio cansado de fazer todos os caprichos de um Rei tão infantil. ¶ Mas, se o pedido é de um rei, o que um governador pode fazer? Bom, eu tinha a solução. ¶ Quando queremos falar com os homens, esperamos a hora em que estão dormindo. Só nesse estado, entendem o que queremos

dizer. Claro, a técnica só não é recomendada para os mosquitos, pois humanos têm o péssimo hábito de dar tapas neles sempre que passam zunindo pelos seus ouvidos. ¶ Bem, como não sou mosquito, desci da árvore de onde estava admirando a lua de madrugada & soprei no ouvido do Governador tudo o que ele deveria fazer. Ao se levantar no dia seguinte, ele estava com a ideia na ponta da língua. Achando que era ideia dele, ainda por cima. ¶ Em seguida, corri à floresta para avisar Jaffar sobre o meu plano. Sendo o elefante mais velho de toda a Índia, Jaffar era uma espécie de líder para nós, pois era muito respeitado por sua memória & sabedoria. ¶ Jaffar tinha uns oitocentos anos, no mínimo, &, antes de viver nas selvas de Goa, tinha servido aos grandes conquistadores da Antiguidade como máquina de guerra. Colocavam sobre ele uma grande torre de madeira da qual os soldados lançavam dardos & flechas durante as guerras. ¶ Nem bem contei minha ideia & ele assentiu com a cabeça, mas dizendo que antes precisava combinar com Hanno & Ganda para ver se aceitariam ser trocados, já que os humanos do Reino não saberiam a diferença entre um & outro.

# III

anda e Hanno? Eram amigos de longuíssima data & gostavam mesmo é de travar compridas conversas por horas a fio, enquanto caminhavam pelas selvas da Índia. Ganda era branco — o que, segundo descrevi, deveria bastar. ¶ Além disso, Ganda tinha família em Roma: dois primos & um tio, alistados no exército de Átila, o Huno, que lutou contra o Império Romano há muitos séculos. Depois que contei o plano, Ganda foi o primeiro a concordar, dizendo que aproveitaria a ida a Roma para visitá-los.

— & vocês vivem tanto tempo assim? — Hanno perguntou, assim, do nada, coçando atrás das orelhas com a ajuda da tromba.

— Sim, sim, & vocês também. — Ganda respondeu, o rabo girando ao vento, um tique de ansiedade que tinha.

— Sério? Nós, os elefantes?

— Sério, vocês. Não sabia?

— Não. Nunca tinha pensado sobre isso. Não gosto de falar sobre a morte.

— Não é sobre a morte, mas sobre o tempo da vida.

¶ Bem, Ganda estava certo. Tive vontade de informar a Hanno que, segundo o *Bestiário divino*, escrito em 1210 por um monge da Normandia, rinocerontes & elefantes vivem em média mais de mil anos, caso mantenham a alimentação saudável. ¶ Mas eu é que não ia me meter na despedida de dois amigos:

— & não vai sentir falta daqui? — Hanno perguntou.

— Muita. Provavelmente muita, mas quem sabe não consigo voltar um dia? Devo viver ainda uns dois séculos, no mínimo.

— Dá tempo de acontecer muita coisa.

— Não é?

— Obrigado, amigo, por ir no meu lugar. Não sei se conseguiria ficar longe da floresta. — Hanno disse subitamente.

— Não tem problema. Estava mesmo pensando em viajar, sabe? Conhecer o mundo. Tem um tempo que estou a fim. Além disso, você é mais importante que eu para a floresta.

— & será que eles não vão notar a diferença no Reino? Sabe, nós dois não somos nem um pouco parecidos.

— O plano é esse. Como os humanos que não vivem aqui poderão saber a diferença entre nós?

— Está certo, mas vou sentir sua falta, amigo.

— Eu também! Mas dois séculos passam rápido! — Ganda respondeu. "Mais rápido que três séculos, com certeza", eu murmurei, mas nenhum dos dois ouviu.

# IV

Foi nesse clima que Ganda concordou com o plano do Governador (na verdade, meu) de ser capturado no lugar de Hanno, embarcando no navio & sendo enviado para além-mar, para as terras de Sua Majestade. Fui com ele, que é meu ofício registrar as façanhas do tempo em que vivo, para que elas cheguem intactas até o futuro. ¶ Além do mais, nós, os macacos, somos ótimos para levar informações, pois pulamos de galho em galho com velocidade. Gerações inteiras de macacos têm aprendido a ser grandes mensageiros, e eu, modestamente, sou o melhor de todos, até agora. ¶ Para provar, pulei no ombro de Ravi, menino-tratador de Goa, contratado como cuidador de Ganda. Não perderia essa viagem por nada deste mundo; afinal, o conselho de trocar gato por lebre, perdão, Hanno por Ganda, tinha sido meu. ¶ Eu nunca havia viajado de navio & gostei bastante do cheiro do mar, da forma como as tábuas do convés brilhavam estriadas sob a luz da lua. Ganda? Não gostou tanto, o balanço o deixou enjoado. ¶ Os nativos tripulantes admiravam Ganda de longe, sem colocar as mãos nele. "Unicórnio, Unicórnio" — eles balbuciavam o nome que, em grego, significa "um chifre no nariz". Pareciam rezar desse jeito. ¶ Do cercado onde estava, preso na pata traseira por uma corrente atada à paliçada, que, se quisesse, arrancaria fora, Ganda olhava para os homens & se sentia entediado. Talvez um pouco indisposto com o balanço das ondas. ¶ É a sua despedida & viagem.

# V

iajamos na época quente, junho; bem quente mesmo, quando as geleiras derretem no mar & as baleias chegam para ter seus filhotes nas águas aquecidas das praias da América. O gelo derretido faz as ondas aumentarem de tamanho, ameaçando virar os navios, principalmente durante as tempestades. De qualquer forma, quando chove no mar, faz frio. Devia ter trazido banha para passar nos lábios, para evitar que rachassem. ¶ Além de incomodado com o balanço, Ganda começava a sentir falta da floresta: de conversar com Hanno, apostar corridas de pequenas distâncias com outros rinocerontes, tomar banho de lama para espantar insetos, ou comer as folhas das árvores baixas quando o dia se disfarça de noite enquanto todos dormem. ¶ Ganda não ficou com medo quando o tempo deu uma mudada & a tempestade começou, só os tripulantes que sim. Alguns temiam que uma onda gigante virasse o navio bem do lado onde ele estava & decidiram, por bem, colocá-lo no meio do convés, aproveitando seu peso para reequilibrar tudo. ¶ Mas, como a corrente presa à sua pata não era comprida o suficiente para chegar até o meio, & a tripulação não sabia como Ganda reagiria quando solto, resolveram matá-lo, pois, morto, seu peso continuaria servindo. Parecia simples para eles. ¶ Foi Ravi quem lembrou a todos que Ganda pertencia ao Rei & que não adiantaria nada escapar da morte por afogamento & ser sentenciado à forca por não ter cumprido uma ordem de Sua Majestade. ¶ Em seguida, disse que tiraria a corrente, garantindo que Ganda não atacaria ninguém, mantendo-se no centro do navio sem problema algum. & foi o que aconteceu. ¶ Um conhecido tipógrafo alemão que vivia em Lisboa, em carta escrita do navio em 6 de março de 1515, relatou que "nunca viu animal maior nem mais magnífico". & que o gigante acabou por salvar a todos, sem atacar ninguém, mesmo podendo●

# VI

ntão, cento & vinte dias depois, desembarcamos em Lisboa, no Reino de Portugal, para o cortejo do nosso Triunfo. Pela posição do sol, eram cerca de duas horas da tarde quando chegamos. ¶ O porto estava em festa para nos receber, & toda aquela multidão sabia que o próximo navio para Roma só sairia no dia seguinte & que, por conta disso, Ganda podia aproveitar o tempo livre para conhecer a cidade. ¶ Nem bem pisou a terra firme & Ravi sentiu o mundo se mover, um dos efeitos que sente qualquer um que passa muito tempo no mar. Ganda também sentiu o mundo girar quando pisou no chão, &, a cada passo que dava, as pessoas suspiravam de medo. ¶ Só que o medo delas era menor que a curiosidade, fazendo com que permanecessem ali, admiradas do grande "alifante". É como os portugueses chamam os elefantes. No canto X dos *Lusíadas*, por exemplo, se lê: "forças d'homens, de engenhos, de alifantes"... ¶ "Alifante, alifante", elas gritavam tão alto que, da varanda do palácio um pouco distante dali, o Rei de Portugal conseguia ouvir tudo. ¶ O Rei gostava de ficar na varanda treinando seu falcão para levar mensagens escritas até a Igreja & voltar. Não sabiam? A arte da falcoaria é muito apreciada pelos reis. Reis gostam de mandar, &, bem treinado, um falcão é a coisa mais obediente do mundo. ¶ "Então, a alimária chegou", disse o Rei para si mesmo. & decidiu esperar que passasse pela rua em frente à sua varanda. Ele é que não ia sair para a rua & se misturar com o povo!

# VII

ontinuando: colocaram Ganda em cima de uma carroça gigante, com rodas também gigantes, para que fosse conduzido com mais facilidade pelas ruas de Lisboa. Vinte homens fortes se ocupavam de empurrar. Com bastante esforço. ¶ Ravi teve que subir junto, comigo em seu ombro. Tudo para acalmar nosso amigo durante o trajeto. Ravi sempre levou jeito com rinocerontes. Vinha de uma família de tratadores de rinocerontes bem antiga, que, inclusive, costumava ajudar a salvá-los dos caçadores em busca do marfim de seus chifres. ¶ Mas Ganda nem parecia nervoso de ver tanta gente se empurrando & se acotovelando, só triste mesmo. & ansioso, girando o rabinho como se fosse um cata-vento. ¶ Pelo visto, a viagem não estava sendo aquilo que esperava:
— Tudo o que eu quero é chegar logo a Roma, para rever meus parentes, porque esses humanos... esses humanos, eles...
— São bem estúpidos, não? — Perguntei.
¶ Ganda concordou com um aceno de cabeça, depois de olhar de relance para as pessoas que nos acompanhavam. Algumas até ameaçavam subir na carroça depois que viram que Ganda era manso. Aquilo parecia um cortejo.
— Por que será que eles ficam desse jeito? — Ganda suspirou.
— Desse jeito, que jeito? — Devolvi.
— Agitados &... nem sei.
— Não parecem dançar?
— Alguém dança de um jeito tão feio assim?
— Sim, se estiver sob uma combinação de curiosidade & medo.
— Medo por quê? — Ganda perguntou.
— Querem se aproximar de você, mas, ao mesmo tempo, não querem, com receio de que você os machuque.

— Você deve ter razão.

— Tenho. Mas chega de lamentar. Estamos bem. Já vi fazerem coisas piores quando estão com medo.

— Sim, vocês, macacos, são bem inteligentes... Desculpe, qual o seu nome?

— Meus amigos me chamam de Shankar... pode me chamar de... Shankar... somos amigos, não somos? — Perguntei, pulando do ombro de Ravi para o chifre de Ganda.

— Sim, amigos... desde que não fique pendurado no meu chifre, atrapalhando minha visão.

¶ Então, rapidamente, saltei para trás da cabeça de Ganda, bem perto das orelhas. ¶ Nessa hora, o povo aplaudiu.

— Posso ficar aqui? Aproveito para tirar os carrapatos que devem estar incomodando você!

— Ótima ideia, obrigado! — Ganda respondeu. — Bem que estava sentindo uma coceirinha por aí. — Ele completou.

# VIII

O dia foi todo agitado, como o mar que nos trouxe até Lisboa. Até posar de modelo Ganda posou. ¶ É que vieram artistas de todos os cantos do Reino para desenhá-lo, criar esboços que serviriam depois para pintar quadros dele ou enviar cartas aos quatro cantos do mundo contendo desenhos do verdadeiro alifante, ou distribuir para as universidades. ¶ Pensem bem. A oportunidade de desenhar um alifante ao vivo & a cores não podia ser desperdiçada, pois todos os registros que se tinha baseavam-se nos desenhos dos bestiários, nem sempre bem-feitos & de boa qualidade. ¶ Outra coisa: não é todo dia que um monstro dos tempos antigos aparece & fica na cidade por um dia. Dizem que seria o primeiro a pisar o solo português desde o século III. ¶ Aliás, foi essa a raridade a que o Rei se referiu para o povo, bradando de sua varanda no momento em que passamos com Ganda, rumo à Torre de Belém. ¶ O Rei aproveitou que as pessoas estavam todas juntas & discursou que Ganda era um presente para o Papa, mas que todo mundo podia desfrutar um pouco o "presente" antes dele ir embora. ¶ Só que o Rei disse tudo isso olhando em nossa direção, um pouco desconfiado, o rosto dando a impressão de que lhe faltava sangue, os olhos arregalados. ¶ Quando finalmente saímos, no instante em que a carroça voltou a andar, soube que o Rei mandou seus criados atrás dos bestiários disponíveis na Biblioteca Real. ¶ Queria comparar o desenho do alifante retratado nos livros antigos com o Ganda que ele acabou de ver da janela. Sendo sincero, o Rei não achou Ganda grandes coisas & não gostou nem um pouco da sua cor de sapo branco. Ao menos, o Rei achou a cor parecida. ¶ Só que, realmente, um alifante desenhado nos bestiários parecia mais um cão com tromba do que qualquer outra coisa — os monges que escreviam bestiários não sabiam desenhar nem um pouco.

¶ & olha que passaram a noite inteira procurando um desenho com o qual o Rei pudesse conferir. ¶ A sorte foi que o Bibliotecário Real que cuidava dos livros já havia viajado até Goa & visto um de perto. Então, diante da demora em se achar um bestiário bom o suficiente, pediu logo pela manhã que lhe trouxessem um dos desenhos que andavam fazendo de Ganda pelas ruas de Lisboa. ¶ Quando finalmente olhou para um deles, disse: "Mas isto não é um alifante, é um unicórnio".

## IX

ntão, o Rei foi informado da confusão em que tinha se metido, mas aí era tarde demais: nós já tínhamos embarcado para Roma de navio. Tudo aconteceu tão rápido que já estavam até esculpindo gárgulas com cabeça de alifante na Torre de Belém, com base nos desenhos que fizeram de Ganda. ¶ Na noite anterior à nossa partida, Ganda contava as estrelas distantes no céu, com saudades da floresta de Goa & do seu amigo Hanno. Não tinha mais certeza se viajar foi uma boa ideia ou não. Achava que tinha sido precipitado. Falava sobre isso & bocejava lentamente, embora dissesse que não estava com sono, mas entediado. ¶ Ganda reclamava para mim, enquanto Ravi encolhia o pescoço com frio, sem entender o que dizíamos. & dizíamos que, na selva, pelo menos, existiam leis que eram obedecidas. Durante seu primeiro contato com os humanos, Ganda teve a impressão de que eles não seguiam nenhuma lei & de que eram movidos apenas pela curiosidade & pelo medo. ¶ Bom, dessa vez, a tripulação não reclamou que Ganda quisesse ficar solto no meio do convés, valendo-se do seu peso para equilibrar tudo, caso as ondas gigantes de uma possível tempestade resolvessem virar o navio. Tinham percebido que ele era de paz graças ao seu comportamento nas ruas de Lisboa. Um alifante pacífico?
— Que vergonha vou passar diante do Papa Leão x. — Murmurava o Rei consigo mesmo, lamentando que o navio já tivesse levantado âncora. Ele sabia que papas adoravam elefantes, por acreditar que foram os primeiros animais criados por Deus no Gênesis.
— O jeito agora vai ser matá-lo. — Disse um de seus criados.
— Ah, ótimo. Matá-lo. Mas como vamos fazer isso, pode me responder? Que embarcação poderá alcançá-lo, se o navio com destino a Roma saiu tem um bom par de horas? Estamos em desvantagem!
— Não para quem tem um falcão treinado, meu senhor!

¶ Ao ouvir isso, as sobrancelhas do Rei se ergueram como se ele próprio tivesse tido a ideia.

# X

Com a mensagem presa no pé, o falcão do Rei começou a voar bem rápido. No meio da chuva mesmo, graças a uma corrente de ar a favor. Todo o trabalho que teve foi só o de se desviar das gotas maiores, do tamanho de uvas, que caíam das nuvens. ¶ Ele estava feliz porque nunca tinha ido tão longe, sinal de que o Rei confiava em seu treinamento. "Não molhar as penas, senão cai, não molhar as penas." ¶ Bom, sentiu também um pouco de medo, claro, enquanto sobrevoava o mar. Medo de ser derrubado pela chuva forte ou de a corrente de vento cessar & ele se cansar antes de chegar ao navio & se afogar lá embaixo. As possibilidades existiam. ¶ Mas nada disso aconteceu. &, assim que foi visto por um marinheiro pendurado no mastro do navio, foi identificado como o falcão real, graças ao peitoral que trazia costuradas as insígnias da Coroa Portuguesa. ¶ A essa altura, a única razão das ondas gigantes não virarem o navio era o peso de Ganda no meio do convés. ¶ "O que será que o Rei deseja?", perguntou-se o homem, espantado, descendo do mastro com o falcão ofegante pousado no braço. Desceu morrendo de medo de que as longas unhas do falcão o machucassem. Mas não machucaram. Era o falcão mais bem treinado do Rei. ¶ Bom, o que posso dizer é que a mensagem era clara &, assim que a leu, o capitão ficou com o rosto cheio de sombras de tristeza. ¶ Nem bem os homens desceram até o convés armados com lanças & espadas, já nós desconfiamos do que se tratava. ¶ Aliás, durante seu passeio pelas ruas de Lisboa, Ganda achava mesmo difícil manter a encenação até o fim. Acreditava que ia ser desmascarado a qualquer momento. Que logo descobririam que ele não era um alifante, mas um rinoceronte. ¶ Era o que tinha acontecido. Só que a solução dada pelo Rei não era nem um pouco agradável, &, assim que percebeu o que ia acontecer, Ravi se colocou entre os marinheiros & Ganda:

— Não façam isso, é desumano! Ganda não tem culpa de nada! Além do mais, é ele quem está impedindo que o navio vire.

— Morto ou vivo, o peso continua o mesmo. — Disse um dos homens, avançando contra nós.

¶ Agora, Ganda estava pronto para agir. Apesar de pacífico, não ia ficar esperando sentado os marinheiros o machucarem ou a qualquer um de nós. Foi então que bufou, & o ar quente de suas ventas evaporou a água da chuva diante dele. ¶ Ao dar dois passos para trás, com a intenção de tomar impulso & partir para cima de todos, uma onda gigante ergueu o navio. Que virou sobre todo mundo.

# A viagem de
# Hanno

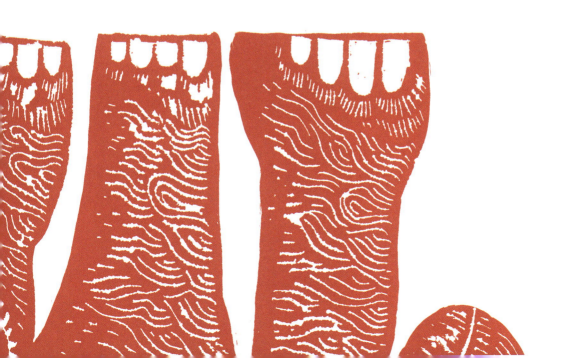

# I

a segunda parte desta nossa história (três meses depois do navio que nos levava virar em alto-mar), os humanos ainda apreciavam dar presentes raros & grandiosos uns aos outros, sendo capazes de fazer qualquer coisa por causa disso. ¶ Só que agora o Rei foi mais esperto: enviou para Goa uma xilogravura de Ganda, feita pelo pintor Albert Dürer durante aqueles tumultuados dias em Lisboa. & uma mensagem: "Isto é um Unicórnio. Mande-me um elefante branco de verdade para presentear o Papa. &, se errar desta vez, corto sua cabeça". ¶ Bom, desta vez, o Governador de Goa não teve o que fazer. Para ganhar tempo, poderia até argumentar que o desenho que o Rei enviou não era o de um rinoceronte de fato; afinal, rinocerontes não usam armaduras, nem têm cor de tartaruga, barba ou chifres nas costas, mas achou melhor não dizer nada, & obedecer. ¶ Aliás, esse desenho de Albert Dürer ficou muito famoso em toda a Europa & teve inúmeras cópias espalhadas. Só três séculos depois é que foram perceber as incoerências que o Governador de Goa viu ali, na hora. ¶ Quem não gostou nem um pouco da ideia foi Hanno, que foi alertado por Babu, meu primo, o qual viu os caçadores se aproximarem da floresta para capturar o único elefante branco de lá & voou pelas árvores para alertá-lo. ¶ Rapidamente uma assembleia foi convocada para discutir a situação. ¶ Ela foi presidida por Jaffar, nosso mestre ancião. ¶ Hanno estava muito triste porque, na mensagem do Rei, enviada junto com a xilogravura de Ganda, constava a notícia de que seu amigo havia morrido afogado durante o naufrágio do navio. ¶ Mas, ao mesmo tempo, sentia dentro de si que Ganda tinha sobrevivido.

— Perdemos Ganda & agora vamos ter que perder Hanno também? — Perguntou Nebul, o velho tigre-de-bengala da floresta, durante a assembleia.

— Ele está vivo, eu sinto isso. — Hanno respondeu. Em seguida, completou: — Quero ir. Deixe-me ir, Jaffar! Vou encontrar meu amigo!

¶ Então, Jaffar concordou com a viagem de Hanno. No fundo, também sabia que os homens não desistiriam nunca da caçada, pois eles nunca desistem de algo quando querem. & isso poderia significar mortes & incêndios na floresta.

— Pois todos aqui sabem o que significa os homens avançarem para dentro da floresta. — Jaffar disse. — Porque já vimos acontecer outras vezes. Todas as vezes que eles avançaram na floresta para construir suas cidades nós vimos do que eles são capazes! Não perceberam como os incêndios aumentaram? Não viram o esforço dos elefantes em avisar a todos sobre as chamas? Usamos nossas trombas para conter o fogo, enquanto todos vocês fogem para a parte mais alta da planície, mas está cada vez mais difícil apagar as chamas. Desde o dia em que os homens deixaram de morar na floresta, acreditam que podem destruí-la para erguer seus impérios, como se o destino da floresta não fosse o destino deles. Mas estão enganados. O destino da floresta não é só dos que moram nela.

¶ Ao ouvirem o discurso de Jaffar, todos os animais baixaram a cabeça, em silêncio. & Hanno recebeu autorização para partir, com a esperança de que trouxesse Ganda de volta.

## II

ara o Rei, toda a confusão tinha colocado à prova sua legitimidade para governar não só seu Reino, mas a própria Natureza, como representante de Deus. Afinal de contas, que rei não saberia de cor a diferença entre os animais que entraram na arca no tempo do dilúvio? ¶ Foi por isso que, na mensagem, deu ordens ao Governador para que dessa vez mandasse o elefante branco direto para Roma. Não queria que seus súditos de Lisboa soubessem que tinha se enganado. Preferia mantê-los no erro a esclarecer que tinha errado junto, ele mesmo. Afinal: não era o Rei infalível? ¶ Ou será que o Rei estaria nu, como numa história que ouviu contar, na qual certo rei vestiu uma roupa que ninguém via, mas que ele mesmo fingia ver para parecer inteligente, exceto uma criança inocente, que viu que o rei estava nu? ¶ Bom, para Hanno, tanto melhor viajar direto, pois acreditava que Ganda tinha escapado do naufrágio nadando para Roma. Rinocerontes são ótimos nadadores, & Hanno mesmo já havia tido a oportunidade de ver Ganda nadar! ¶ Elefantes também são ótimos nadadores. Mesmo assim, Hanno ficou temeroso de embarcar. A ansiedade da primeira vez! Só o fez depois de muita insistência do tratador, chamado Ocem, que foi contratado para acompanhar Hanno na viagem & que, para convencê-lo a embarcar, ficou por ali enrolando-o, oferecendo em troca uma melancia inteira. ¶ Quando finalmente embarcou, toda a tripulação olhou admirada para o grande elefante branco. Principalmente para as longas presas de marfim &, atrás delas, para as gigantescas orelhas, que Hanno balançava na chuva para se livrar das gotas. ¶ Também perceberam que Hanno tinha joelhos & ficaram admirados, pois, nos bestiários, era dito que elefantes não tinham joelhos. ¶ Isso tudo quem me contou foi ele próprio, tempos depois. Que, para acalmá-lo a bordo,

Ocem cobriu seu rosto durante quase todo o tempo. Com um pano. Para que Hanno não visse as ondas enormes que se levantavam, nem percebesse o balanço do navio.

# III

m Roma, o Papa esperava ansiosamente por Hanno. Tinha lido o suficiente sobre a época em que "monstros" semelhantes caminhavam sobre o solo romano, lutando ao lado dos exércitos conquistadores — Ele era fascinado pelo assunto. ¶ Os bestiários chamavam elefantes, como Hanno, de "monstros" não apenas por causa do tamanho, mas porque haviam cruzado a barreira do reino natural. Desse modo, Hanno seria o cruzamento de um boi com as melhores qualidades humanas que existem, como a sabedoria, a memória, a bondade, a fraternidade, a mansidão, a castidade & a firmeza. ¶ Já a fênix seria o cruzamento de um pássaro com o fogo; o basilisco, o cruzamento de uma galinha com um lagarto; a sereia, o cruzamento de uma mulher com um peixe etc. ¶ O Papa gostava, em particular, das seções dos bestiários dedicadas a eles, os "monstros". & de ver, nos mapas das grandes navegações, os locais marcados pelos cartógrafos com um X, que era onde esses animais incríveis habitavam. "Aqui há monstros para capturar", escreviam os cartógrafos no mapa, "perdão, para descobrir." ¶ O Papa iria posar para um pintor montado em cima de seu elefante branco? Mas é claro que sim! Era sua primeira ideia, desde que fosse manso o suficiente para tanto. ¶ Mas também havia lido que os elefantes eram mansos, bem mansos, menos quando o assunto era lutar contra dois dos seus maiores inimigos naturais: a serpente & o... rinoceronte! Imaginem! ¶ No caso das serpentes, os bestiários contavam que a discórdia contínua era porque elas gostavam de se enrolar nos filhotes de elefante até sufocá-los, para em seguida engoli-los. ¶ Que, por isso, quando caminhavam, as elefantas colocavam os filhotes a salvo no meio da manada. Ou dentro d'água ou mesmo em algumas pequenas ilhas cercadas,

quando era hora de descansar. ¶ As emboscadas das serpentes são sempre surpreendentes! Escondidas em uma vereda, atacavam com vontade os últimos elefantes da fila, para que aqueles que estivessem na frente não pudessem ajudar. ¶ Depois, costumavam se enroscar nas patas traseiras deles, para derrubá-los, mas a maioria dos elefantes já sabiam se defender & faziam o seguinte: encostavam-se nas árvores para esmagar as serpentes, sentando-se sobre elas! ¶ Bem isso. Mas sobre a outra suposta inimizade natural do elefante, com o rinoceronte, vou tratá-la no próximo capítulo, antes de falarmos sobre a chegada de Hanno a Roma. É que tantas anotações e desenhos dos bestiários merecem uma pequena pausa para listar os principais monstros que apareciam neles.

## IV

amos lá! ¶ Em diversas fontes bestiárias, o leão representa a majestade & a nobreza & é considerado rei dos animais. Escreve, por exemplo, o monge Isidoro de Sevilha, que a coragem do leão está em seu coração & que seu orgulho está na juba dourada. Imaginem! Que gosta de passear por horas no topo das montanhas & que esconde seu cheiro de outros leões balançando a cauda quando corre. ¶ Já o centauro é metade homem, metade cavalo &, segundo Plínio, o Velho, apareceu pela primeira vez na Grécia, local onde um elo perdido entre as duas espécies (homem & cavalo) passou a viver em rebanho. Seus descendentes habitam as florestas da Tessália & gostam de comer carne crua de caça. Quanto mau gosto! ¶ O basilisco é uma serpente com cabeça de galo. Disso os bestiários têm certeza. Que o macho tem uma crista que parece uma coroa & a fêmea, uma plumagem vermelha misturada com azul; alguns dizem que sim, outros dizem que não. ¶ Mas que, mesmo tendo só meio pé de altura, é perigosíssimo, todos concordam: seu silvo ensurdece qualquer um & seu veneno é mortal para todos os seres vivos. Um simples bafo seu fulmina qualquer pássaro que voe perto dele. ¶ Os dragões figuram nos bestiários como répteis com penas. Têm asas, chifres, cospem fogo, voam rápido, têm azia. Por ter um corpo muito quente, o dragão é outro inimigo natural do elefante, com quem aprecia lutar na tentativa de beber seu sangue, que é frio. ¶ Apenas um bestiário se refere ao grifo, o de Pierre de Beauvais. Esse monge francês descreve-o com corpo de leão & cabeça & asas de águia, além das garras enormes, capazes de apanhar um boi & alçá-lo no ar para levá-lo até seu ninho, onde servirá de jantar para os filhotes. ¶ É nos bestiários que se encontram registros sobre a suposta rivalidade entre elefantes & rinocerontes — o que, pela

amizade entre Hanno & Ganda, sabemos não ser verdade. ¶ Neles se diz que rinocerontes levam vantagem por serem menores que os elefantes, o que facilita o ataque por baixo, atingindo com seu chifre a barriga do oponente. ¶ A vantagem também se deveria ao fato de serem mais bravos que os elefantes: tão bravos que nenhum caçador consegue capturá-los, a não ser que se coloque diante do rinoceronte uma jovem donzela, em face da qual ele perde toda sua ferocidade, deita a cabeça no colo dela & dorme. ¶ Só que nenhum bestiário explica as razões dessa suposta rivalidade entre os dois, mas todos atribuem-na ao temperamento belicoso do rinoceronte — ou "unicórnio", como ele é chamado por lá. Bom, quem sabe escrever pode escrever qualquer coisa, não é mesmo?

# V

A viagem de Hanno (de Goa para Roma) foi quase tão longa quanto a de Ganda (de Goa para Lisboa). Mas Hanno & Ocem chegaram tranquilos & em segurança. No final, Hanno chegou a fazer amizade com toda a tripulação & perdeu o medo do mar. ¶ Nos dias de sol, ele até retirava o pano dos olhos para ajudar os homens a lavar o convés com a ajuda da tromba. Os marinheiros adoravam, porque economizavam idas & vindas de dezenas de baldes para lá & para cá. ¶ Ocem ria, contando aos homens como eram as selvas da Índia. Os marinheiros se benziam, amedrontados. Contavam que, do outro lado do mar, navios tinham descoberto uma terra estranha, repleta de monstros & de selvagens. ¶ Que eles não sabiam de que forma a descoberta tinha acontecido, por causa das serpentes gigantes que viviam em alto-mar guardando o fim do mundo. Como eles passaram por elas? As serpentes? ¶ Ocem riu novamente. Perguntou o que seria o fim do mundo. Ouviu dos marinheiros que seria o fim da linha: o ponto onde a terra acaba & as águas do mar se precipitam no abismo. ¶ Nessa hora, Ocem olhou para Hanno (que ouvia a conversa inteira com atenção) & deu uma piscadela. Nem Ocem nem Hanno acreditavam que a terra possuía um fim.

— Ele olha para a gente como se entendesse o que falamos. — Disse um dos homens da tripulação que conversava com Ocem.

— Fala de Hanno?

— Sim.

— Mas ele entende mesmo!

— Entende?

— Claro que sim.

¶ Nessa hora, uma lembrança iluminou o rosto do homem.

— Faz sentido. Conheci um unicórnio que também tinha esse olhar... quase humano.

¶ Nesse momento, as orelhas de Hanno se ergueram e se esticaram, os olhos mais atentos ainda, na direção de quem falava.

— Que unicórnio? — Ocem perguntou.

¶ Então, o homem contou que era tripulante do navio que virou comigo, Ganda & Ravi em alto-mar, por causa da tempestade. Falou do susto que todos tomaram no instante em que uma enorme onda virou o navio & de como Ganda salvou a todos, empurrando com a ajuda do chifre um grande pedaço do casco do navio no qual todos se agarraram.

— & isso, mesmo depois que tentamos matá-lo... ainda assim, teve pena de nós! — Ele disse. Em seguida, completou: — Que besteira nós íamos fazer.

— Todos fazemos besteira de vez em quando. & onde ele está agora? — Ocem perguntou, com Hanno ainda bem, bem atento, e bem ao lado dele.

— O unicórnio? Nadou conosco até Roma.

— Não me diga... — & Ocem piscou para Hanno novamente.

— Agora, está em um circo, com seu tratador & aquele macaco... que macaco esperto... mas isso é segredo. — Completou o marinheiro.

¶ Mas não é segredo para ninguém que eu sou mesmo esperto. Então, o marinheiro continuou:

— Segredo que o unicórnio está vivo, quis dizer. O Rei pensa que ele morreu afogado, que no momento da tempestade estava com a pata traseira presa por uma corrente atada à paliçada & afundou junto com o navio. Se o Rei descobrir...

— Não se preocupe. Guardamos segredo... não é, Hanno?

¶ Bem, se os homens soubessem a maneira de um elefante rir, saberiam que Hanno ficou muito feliz naquele momento de balançar a cabeça afirmativamente para Ocem. ¶ Que, se pudesse, Hanno sopraria sua tromba para demonstrar felicidade. ¶ Mas só não fez isso porque os homens poderiam confundir esse gesto com um ataque.

# VI

anno & Ocem chegariam a Roma alguns dias depois, pela manhã, mas nenhuma multidão aguardava ansiosa no porto para ver Hanno, a exemplo do que aconteceu com Ganda em Lisboa. ¶ É que o Papa não quis avisar a ninguém o dia exato que Hanno chegaria. Pelo contrário, até ordenou que ele passasse pelas ruas, no caminho em direção ao Palácio Apostólico, em uma carroça coberta por um pano. O povo só veria Hanno depois que ele, o Papa, se cansasse de tanto vê-lo. ¶ "A exclusividade é um castelo de areia que precisa ser protegida do mar da curiosidade", o Papa chegou a dizer. "Mas sei que Roma nunca mais será a mesma depois da passagem do alifante." ¶ Ainda no porto, Ocem ficou sabendo que Hanno teria que carregar em cima dele um baú com mais presentes reais para o Papa: moedas de ouro feitas especialmente para a ocasião, pedras preciosas & bordados de pérola. & que, assim que estivesse diante do Papa, teria que se curvar por três vezes em sinal de reverência & fazer algum truque com a tromba. Quem sabe, apanhar água de um balde & regar as plantas? ¶ Hanno baixou as orelhas, achando idiota tudo o que saía da boca de Ocem, mas concordou com um aceno de cabeça. Em seguida, subiram na carroça.
— O que será que acontece lá fora? — Hanno perguntou a certa altura, já dentro da carroça coberta por um pano & puxada por vinte cavalos. & o barulho que ele fez na pergunta assustou a todos na rua.
— As pessoas não sabem que estamos aqui, mas sabem que é algo grande passando pelas ruas. Por causa da carroça coberta! — Ocem respondeu, mas não para Hanno, & sim depois de afastar um pouco o pano & ver as pessoas lá fora, juntando-se aos poucos atrás do cordão de soldados, tentando achar uma brecha qualquer do pano para ver o:
— Alifante! Alifante! Alifante!

¶ A multidão finalmente gritou, depois que a brecha aberta por Ocem deixou que as pessoas avistassem a tromba de Hanno. Enquanto isso, Ocem alisava a testa de Hanno na tentativa de acalmá-lo. ¶ Ah! Os meninos tratadores de Goa são bem especiais. Nascem em famílias tradicionais de tratadores, especializada cada uma em um animal. Ocem vinha de uma linhagem de tratadores de elefantes. ¶ Quando um menino tratador é escolhido para cuidar do seu animal, passa a dedicar a vida inteira a ele. &, mesmo não entendendo a língua de Hanno, Ocem sabia que ele entendia a sua. Com o tempo, passou a entender alguns gestos. Hanno girando o rabo ao vento, por exemplo. ¶ Ocem sabia que esse é um tique muito comum entre os rinocerontes. &, se Hanno fazia isso, era por estar com saudades do amigo.

— Não se preocupe. Vou ajudar a encontrá-lo! — Ocem dizia, enquanto alisava a tromba de Hanno.

## VII

Papa tinha ordenado que Hanno & Ocem ficassem no pátio interno, de frente para a principal rua de Roma. Protegidas pelas grades do Palácio Apostólico, as pessoas podiam vê-los de longe. O sonho da Roma antiga apreciado à distância pelos romanos. ¶ Tratava-se de uma estratégia. É que o Papa acreditava que, admirados, mas, intocáveis, os sonhos costumam durar mais. Que ideia! ¶ Bom, quando o cortejo com Hanno chegou, uma pequena multidão já estava se acotovelando fora do palácio para vê-lo. Dentro, o Papa & algumas dezenas de cardeais curiosos. ¶ Uma vez no pátio, Hanno desceu da carroça (que se elevou ao livrar-se de seu peso). Desceu daquele jeito: sob aplausos & urros de admiração das pessoas lá fora. ¶ Ao se aproximar do Papa, com o baú em cima das costas, Hanno atendeu ao comando de Ocem & se curvou por três vezes, fazendo um barulho engraçado no cascalho do pátio. O Papa cumprimentou seu monstro de volta, enquanto os soldados descarregavam o baú de cima de Hanno. ¶ Ao ver o balde com água ali perto, Hanno entendeu que era hora de fazer alguma brincadeira, ou truque, com a tromba. ¶ Foi então que sorveu toda a água que tinha no balde &, no lugar de regar as flores, espirrou tudo nos cardeais. A plateia nas ruas gritou de alegria, mas os cardeais não gostaram nada! ¶ O Papa? Gargalhou por três dias seguidos. Ao final, enviou uma carta ao Rei agradecendo, em seu nome, em nome de sua corte & do povo de Roma, todos os presentes que recebeu, em especial a aquisição de Hanno, que testemunhava a beleza exótica das terras fabulosas & distantes, recentemente conquistadas pelo Reino, concluindo que "o elefante foi o que mais espanto causou, pelas lembranças que evocava de um passado de conquistas, quando a chegada de monstros semelhantes era bem comum nos dias da Roma antiga".

# VIII

Ó que não demorou muito para Hanno notar que a melhor maneira de reencontrar seu querido amigo era fazer com que o Papa enjoasse logo das lembranças do tempo em que Roma conquistava o mundo. Só assim ficariam mais livres, ele & Ocem, com menos vigilância dos guardas. ¶ Desse modo, ao menos Ocem conseguiria sair pela cidade para saber de Ganda. ¶ Na melhor das hipóteses, o Papa poderia enviar Hanno para o circo, que tal? Assim como fez com os dois leopardos, quatro panteras & oito gorilas que ele recebeu antes de presente do Rei. ¶ Ganda. O marinheiro disse que Ganda também estava no circo, lembram? &, depois, o que aconteceria? Dariam um jeito de fugir do circo, ora! & voltariam juntos para Goa, nem que fossem a nado! ¶ Então, Hanno aprendeu a dançar, a fazer malabarismos com a tromba, & logo Ocem entendeu que, por trás dessa disposição toda em agradar ao Papa, havia um plano. Foi quando Ocem sugeriu que o Papa deixasse Hanno ser retratado por artistas ao preço de cem moedas de ouro para os cofres papais. & que o próprio Papa posasse em cima do "fascinante animal" para várias pinturas. ¶ Tudo parecia funcionar, & em breve Hanno foi autorizado a sair às ruas, durante as procissões da Igreja, para ser tocado & admirado de perto pelos romanos. O sonho começava a se gastar depressa! Isso acontece ultimamente com bastante frequência. ¶ & não é que o Papa acabou enjoando de tudo mesmo? Um belo dia, Hanno se tornou "normal". Como as montanhas são normais. Até o povo deixou de admirá-lo & nem aparecer mais para vê-lo aparecia, depois de tantas & tantas procissões. Hanno tinha virado um "vizinho". ¶ "Agora, é só esperar o momento certo", Hanno pensou.

# IX

O problema era que, entediado, o Papa demonstrou ser um homem imprevisível. Não se sabe por quê, mas ele era assim. &, no lugar de enviar Hanno & Ocem para o circo, resolveu fazer algo bem diferente. ¶ Os dois notaram isso ao ver, de uma hora para outra, o vaivém de trabalhadores contratados pelo Papa. Primeiro, passaram carregando madeira; depois, tijolos, tudo diante dos olhos surpresos & curiosos de Hanno & Ocem. ¶ Pareciam formigas levando folhas em silêncio, construindo algo no meio do espaço, um quadrado menor dentro do quadrado maior que era o pátio interno. Mas nenhum dos trabalhadores dizia o que era, & aos poucos o mistério atiçou a curiosidade até dos romanos que passavam pela rua. ¶ Assim que a construção ficou pronta, todos puderam perceber do que se tratava: uma pequena arena de espetáculos, com bancadas de pedra, cercada por grades de ferro & sólida paliçada & erguida de maneira que quem estivesse dentro pudesse ver melhor as atrações, mas quem estivesse fora pudesse enxergar também. ¶ Mas ver o quê? ¶ Então, Hanno coçou a cabeça com a tromba & Ocem, já sabendo o que esse gesto significava, disse que também não estava entendendo nada. ¶ Mas logo todos entenderiam, no instante em que o Papa começou a anunciar o duelo do século, o embate, a luta entre os dois monstros mais descomunais dos bestiários, cujas páginas relatavam havia tempos se tratar de inimigos mortais & naturais. Uma disputa de morte, enfim, em honra aos tempos áureos em que semelhantes feras caminhavam entre nós. ¶ O susto foi tão grande que Hanno se sentou no chão, sem querer acreditar. Quer dizer, ele sabia que um dos "monstros mais descomunais" era ele. Mas quem seria o outro? ¶ Isso ele & Ocem só descobririam depois, mais especificamente no dia do combate, servido como espetáculo aos curiosos que puderam pagar para entrar na arena, & a todos os demais que ficariam do lado de fora. ¶ Até lá, não houve outro assunto em Roma. Os folhetos enviados pelo Papa surtiram efeito, &, vez ou outra, um garoto vestido de arlequim era pago para reforçar o convite nas feiras da cidade.

# X

o início do esperado dia do combate teve até confusão, pelo tanto de gente que compareceu à arena, todo mundo ávido pela promessa de sangue, morte & violência que os folhetos prometiam. Os guardas do Papa chegaram ao ponto de precisar conter todos & organizar tudo. ¶ Enquanto isso, muitos espectadores traziam, balançando nas mãos, cópias reimpressas de diversos bestiários, todos eles prometendo um espetáculo nunca visto: a descoberta final de qual das duas bestas rivais seria a mais forte. ¶ Mas as únicas bestas presentes ali eram os seres humanos. ¶ Os olhos de Hanno estavam cheios de lágrimas de saudade & desilusão, & Ocem temia que isso pudesse fazê-lo se entregar na luta. Saudade de Ganda, desilusão com os humanos. Por isso, tentava acalmá-lo, cochichando debaixo de suas orelhas que o melhor seria ganhar a briga:
— Quem sabe, depois, tudo perca de novo a graça & o Papa nos envie finalmente para o circo? — Sussurrava Ocem. ¶ "Ou isso ou ele arranja outro monstro para lutar comigo", Hanno pensou, & Ocem baixou os olhos na direção do chão, entendendo tudo. ¶ Naquela hora, a lembrança das palavras de Jaffar deixava Hanno ainda mais triste. Comparar com o que estava acontecendo & descobrir que o velho elefante estava mesmo certo. Que, depois de deixarem a floresta & se colocarem no centro do universo, imaginando que a Natureza deveria servi-los, ou entretê-los, os humanos perderam a capacidade de se identificar com os animais, de enxergar sentimentos neles. Essa ignorância deixou-os mais pobres de tudo. Mais perversos. ¶ "Por isso os incêndios todos, por isso essa arena aqui", Hanno finalmente murmurou, no instante em que trombetas anunciando a chegada do seu oponente o retiraram dos próprios pensamentos. ¶ Ao verem uma carroça chegar coberta

por panos franjados, todos os presentes prenderam a respiração ao mesmo tempo, incluindo o Papa, que, sentado em um lugar privilegiado da arena, ao lado dos cardeais, já sabia de quem se tratava. ¶ Hanno olhou para a carroça, puxada por vinte homens fortes. Em seguida, para Ocem. A essa altura, a multidão urrava, pedindo o combate entre as duas feras & a retirada do pano, para que soubesse de que fera se tratava & começasse suas apostas. ¶ Mas o Papa fez um aceno para que todos se calassem. ¶ Como a luta não ia acontecer se não obedecessem, calaram-se. ¶ Então, o Papa discursou sobre o que veriam ali: a luta mortal entre dois gigantes que, no passado, ajudaram Roma a expandir seus limites sobre o mundo. Foi um discurso rápido, porque todos estavam ansiosos. Por isso, logo o Papa terminou sua fala, acenando para os guardas baixarem o pano da carroça. ¶ Baixaram! ¶ Quando viram aquele gigantesco rinoceronte branco esperando a rampa de madeira para descer, todos começaram suas apostas, assombrados. Mais assombrado ainda ficou Hanno, que começou a girar seu rabo ao vento, para surpresa de Ocem. ¶ Porque o seu oponente era Ganda! Foi Ganda quem desceu a rampa ao lado de Ravi, comigo montado no ombro do seu tratador. & foi só o tempo de Ganda também notar que do outro lado da arena era seu amigo quem o esperava para os dois correrem para o centro, sem nem esperar o sinal de seus tratadores. Correram como se corressem para si mesmos!

**\*\*\***

¶ Nessa hora, a multidão gritou! ¶ Quem pôde concluir, concluiu que, de acordo com a leitura dos bestiários, a rivalidade entre os dois era tão forte que sequer conseguiram esperar para cumprir o que se esperava do embate & partiram para cima um do outro. A poeira que se ergueu dos cascalhos foi tão grande que cobriu o encontro.

¶ Silêncio total! ¶ Mas, assim que a poeira baixou, viram Ganda diante de Hanno: o primeiro, com o focinho rente ao chão, como se o cheirasse, & as patas traseiras batendo forte no solo. O segundo, com a tromba erguida para o ar, dando pequenos saltos com as patas dianteiras. Todos acharam que eram gestos ameaçadores. Mas tanto Ocem quanto Ravi sabiam que eram demonstração de felicidade pura!

# Epílogo

meu nome é Shankar & meu ofício é registrar as façanhas do tempo em que vivo, para que elas cheguem intactas até as gerações do futuro. Isso é quase tudo o que vocês precisam saber sobre mim, pois sobre nossa história já lhes contei o suficiente. Ainda estou aqui? Sim, mas só para finalizar dizendo que o grande combate do século XVI foi mesmo um fiasco. ¶ É que, no lugar de lutarem entre si até a morte, Ganda & Hanno ficaram andando lado a lado, colocando o assunto das aventuras em dia. Ganda era o mais cotado nas apostas para vencer, porque, segundo os bestiários, era mais feroz & sabia tirar proveito do fato de ser menor que Hanno. Mas, na arena (pobres bestiários), pelo contrário, demonstrou ser o mais amoroso, tanto que vez ou outra coçava sua cabeça na barriga do amigo. ¶ Aos poucos, todos foram deixando o local decepcionados, resmungando baixinho & jogando os bestiários no chão. Apenas nós ficamos por lá, ou seja, eu, Ravi, Ocem & os dois fiéis companheiros, heróis da nossa narrativa. Irritado com tudo, o Papa ordenou que fôssemos enviados para o circo, onde ficamos por mais três meses, até Ganda & Hanno serem comprados pelos marinheiros que Ganda salvou durante o naufrágio. ¶ Como forma de agradecimento, eles mandaram todos nós de volta para Goa, de navio. & cá estamos! Vejam que nem todos os humanos são iguais. ¶ Bom, esse foi o fim dos bestiários como forma de conhecimento. Ninguém mais acreditaria no que estava escrito neles depois que as notícias do fiasco da luta correram mundo. Também nunca mais os reis (nem os papas) puderam se aproveitar deles para espalhar seus sonhos infantis & orgulhosos. ¶ Um novo tempo de reis esclarecidos chegaria depois disso. Nesse tempo, naturalistas foram enviados ao Novo Mundo para catalogar sua fauna & flora com base na observação

da Natureza. O que se chamou depois de "empirismo" começou aí: a ideia de que o conhecimento se construía a partir dos dados da experiência. A base da ciência moderna! ¶ Hã? Como eu sei de tudo isso? ¶ Ora, na verdade, eu sou o vigésimo Shankar, primeiro da minha geração. Sou eu que estou no futuro, repassando para vocês as façanhas vividas pelo Shankar do século XVI. &, se escrevi meu relato em primeira pessoa, é porque sou o Shankar vivo, mas também sou todos os que viveram antes de mim. ¶ Por isso, & muito mais, posso dizer que vi Ganda & Hanno continuarem amigos pela vida toda! & vida toda quer dizer muito tempo, no caso deles! ¶ Bem, mas as coisas ficaram melhores depois que os bestiários caíram em descrédito? Digam-me vocês! Os seres humanos aprenderam a conviver bem com a Natureza & a tratar bem seus animais? Se a resposta for não, é porque alguma coisa ainda está muito errada●

FOTOGRAFIA *Cristiano Rato*

## Tadeu Sarmento

Tadeu Sarmento nasceu em Recife em 4 de março de 1977, é casado e mora em Belo Horizonte há vários anos. Estudou Filosofia na USP. É escritor e UX Writer. Autor de *Associação Robert Walser para Sósias Anônimos* e *E se Deus for um de nós?*, entre outros quinze livros. Em 2017, conquistou o 13º Prêmio Barco a Vapor, com a obra juvenil *O cometa é um sol que não deu certo,* publicada pela Edições SM. Em 2023, foi a vez do *Meu amigo Pedro,* publicado pela Abacatte Editorial, vencer um prêmio, o Biblioteca Nacional. *A viagem de Hanno e Ganda* é seu livro de estreia na Peirópolis.

FOTOGRAFIA *Leo Cardoso*

## Samuel Casal

Samuel Casal nasceu em 1974, em Caxias do Sul, RS, e reside em Florianópolis, SC, desde 1998. Trabalhando como artista visual há mais de trinta anos, ilustrou publicações nacionais e internacionais e foi vencedor de oito troféus HQMIX. Em 2013, recebeu o Prêmio Jabuti e Menção Honrosa na Bienal Brasileira de Design Gráfico. Seus trabalhos com relevo e pintura em grandes formatos já integraram espaços como a loja conceito da marca Nike no Rio de Janeiro, e a abertura da novela *Velho Chico* (Rede Globo). Atualmente se dedica também à arte da pintura em cerâmica, conjugando técnicas variadas através da experimentação de materiais.

Acesse **www.editorapeiropolis.com.br/hanno-e-ganda** para mais informações.

Copyright © 2024 Tadeu Sarmento
Copyright ilustrações © 2024 Samuel Casal

*Respeitou-se o novo Acordo Ortográfico da Língua Portuguesa de 1990.*

**EDITORA** Renata Farhat Borges
**EDITORA ASSISTENTE** Ana Carolina Carvalho
**ASSISTENTE EDITORIAL** Lívia Corrales
**REVISÃO** Mineo Takatama e Regina Azevedo
**PROJETO GRÁFICO** Estúdio Arado
**ESCANEAMENTO E TRATAMENTO DE IMAGENS** Márcio Uva

Dados Internacionais de Catalogação (CIP)
(Câmara Brasileira do Livro, SP, Brasil)

S24v    Sarmento, Tadeu
        A Viagem de Hanno e Ganda. / Tadeu Sarmento; ilustrado por Samuel Casal. - São Paulo: Peirópolis, 2024.
        64p. : il. ; 17,5cm x 27,5cm.

        ISBN 978-65-5931-323-5

        1. Literatura infantojuvenil. 2. Bestiários. 3. Ciência. 4. Imaginação. 5. História do livro. I. Casal, Samuel. II. Título.

2024-1451                                                                           CDD 028.5
                                                                                             CDU 82-93

Elaborado por Vagner Rodolfo da Silva - CRB-8/9410

Índices para catálogo sistêmico:
1. Literatura infantojuvenil 028.5
2. Literatura infantojuvenil 82-93

1ª edição, 2024
Também disponível nos formatos digitais ePub (978-65-5931-320-4) e KF8 (978-65-5931-317-4)

Rua Girassol, 310f
Vila Madalena | São Paulo – SP
CEP 05433-000
vendas@editorapeiropolis.com.br
www.editorapeiropolis.com.br

———

Impresso na Gráfica Pifferprint em papel Supremo 235g/m² (capa) e papel off-set 150g/m² (miolo), composto em Grenze Gotisch desenhada e adaptada pela Omnibus-Type, Grenze desenhada por Renata Polastri e distribuída pela Omnibus-Type e Capitolina, desenhada por Christopher Hammerschmidt.

———